오래 속삭여도 좋을 이야기
이은규 시집

문학동네시인선 125 이은규
오래 속삭여도 좋을 이야기

시인의 말

움직이는 지평선을 향해 걷기 시작했다.

2019년 7월
이은규

아린(芽鱗)에게

차례

2부 빗장뼈의 어원은 작은 열쇠

4부 가까이서 멀리서 언제나

1부

모든 사랑은 편애

목화밭 이야기

탄성으로 피어나는 꽃이 있다

피어날 때 하양
지기 직전 분홍을 완성한다는 목화에 대해 알고 있니
아침에 희고
저녁을 지나 붉어지는 이치
혀끝 속삭임에 물들어가는 마음과 같이

가까운 하양과 먼 분홍 사이
완성되지 못한 문장들이 피었다 지다 피었다 지다

목화의 꽃말은
여럿 가운데 가장 뛰어나다는 뜻의 우수
그런데 우리는 왜
근심 쪽으로 몸이 기울었을까, 함부로
혹은 입춘과 경칩 사이 절기를 떠올렸을까

오래 속삭여도 좋을 이야기에 대해 알고 있니
목화꽃이 지고 나면 둥글게 차오른다는 다래
다래의 맛이 달아 하도 몸이 달아
몰래 숨겨놓고 먹었다는 소년의 비밀비밀

그런가 하면 다래가 터뜨린 솜꽃을 편애한 자가

어느 시험에서 두 번 꽃 피우는 나무에 대해 물었다고 해 ─
구름처럼 피어오르는 속삭임, 귀가 멀어도 좋을

한 시인은
목화밭과 소년에 대한 이야기를 들려줬는데
우리는 아직 지나가고 있을까
이미 돌아오고 있을까
약속을 잊어버린 약속처럼
먼 분홍과 가까운 하양 사이
안 들리는 탄성으로 피어나는 기억 한 점

홍역(紅疫)

누군가 두고 간 가을
홍역처럼 붉다, 라는 문장을 썼다 지운다

무엇이든 늦된 아이
병(病)에는 누구보다 눈이 밝아
눈이 붉어지도록 밝아
왜 병은 저곳이 아닌 이곳에 도착했을까
답이 없는 질문과 질문이 없는 답을 떠올린다
안으로부터 차오르는 열매

나는 병력을 지우고
붉은 몸을 잘 표백시키는 사람들을
조금 부러워했나
부러워하지 않는 사람들을
조금 부러워했나
기다리지 않아도 돌아오는 절기
혼자 부르는 돌림노래에 공을 들이고
그것만은, 포기하지 않기 위해 손을 모을 뿐

저기 핑그르르 수면을 도는 단풍잎
같은 병을 다르게 앓지 못한 우리들은
왜 약속 없이 나누는 역병처럼
답이 없는 질문에 대해서만 생각했을까

붉어지는 열매 금세 핑 도는 울음
이제 그럼에도 불구하고, 가 아닌
그래서 나는 오늘
질문이 없는 답에 쉽게 고개를 끄덕여버린
오랜 부끄러움에 대해 말하고 싶은 것
잘못된 문장은 다시 쓰여져야 한다
멀리서 가까이서 도착할 소식들에 귀를 열고
이제 질문이 없는 답을 내내 의심할 것

홍역처럼 붉다, 라는 문장을 지웠다 쓴다
누군가 두고 간 가을

말의 목을 끌어안고

모든 고백은 선언이다

나는 안장에 앉아 고삐를 쥔 자가 아니어라
가차없이 채찍을 휘두르는 자도 아니어라
노래는 말이 아니어라

마부의 채찍질에도 꼼짝하지 않는
말의 목을 끌어안고 흐느꼈다는 한 사람
세상이 수군거린다 지혜를 사랑하다니, 미치광이

그가 오래 흐느낀 이유는
동물의 말을 알아들어서가 아니다
세상의 말에 귀가 부끄러웠기 때문이다

책상에 앉아 펜을 쥔 자가 아니어라, 나는
향기로운 문장을 휘두르는 자도 아니어라
말은 노래가 아니어라

나는 누군가 늦췄다 당겼다 하는 고삐에
가다 서다를 반복하는, 어리석은 발자국
누군가 함부로 휘두르는 채찍에
고개 숙여 히잉ㅡ 먼 소리를 내는 목울대

가진 자와 가지지 못한 자
그러나 나는 이 은유를 끝까지 밀고 나가야 한다
고삐를 움켜쥔 손아귀의 힘을 상상하며
채찍을 다루는 손목의 습관을 증오하며

말보다는 노래에 노래보다는 말에
그보다 행간 사이를 서성이는 동안
초록이 진다 한들, 온다 한들 한 점 꽃이
그러나 나는 이 은유를 끝까지 밀고 나갈 것이다

오래 미치광이라 불리는 사람과 같이
가까스로 초록을 지키는 식물과 같이

나의 아름다운 세탁소

이토록 눈부신 날
나의 세탁소에 놀러오세요
무엇이든 표백 가능합니다
너무 투명하여, 그림자조차 없는 문장

모든 잎이 꽃이 되는 가을은 두번째 봄이다*
라는 당신의 문장에 기대어 한 절기
환절기 잘 견뎠습니다

네, 문장 덕분입니다
아무렴요 아무렴요

고집이라 쓰고
표백된 슬픔이라 읽습니다
표백된 슬픔이라 쓰고
고집이라 읽지 않습니다

오늘부터 겨울
어떤 문장에 기대어 동절기
한 절기를 견뎌야 할지
막막하기만 먹먹하기만 합니다

문장 때문입니다, 네

아무렴요 아무렴요 　　　　　　　　　　　　—

아무래도 고된 날에는
일하기 싫어요, 라는 팻말을 걸고 문을 닫아요

먼 구원과 가까운 망각 사이, 당신
모든 기억이 표백되는 겨울은 두번째 생이다

눈부신 날 이토록
나의 아름다운 세탁소에 놀러오세요
무엇이든 표백 가능합니다
그림자조차 없는 문장, 너무 투명하여

* 알베르 카뮈.

간절기

까치 한 마리 보고 겨울 외투 벗지 말라고 당신은 그토록
당부했는데 나는 왜 옷깃보다 마음을 여미고 겨울에서 봄
으로의 이행을 간절하게 기도했었나 아직은 옷깃을 여밀 때
절기와 절기 사이 나라는 이름과 우리라는 이름 사이에서
그럼에도 불구하고 오고 있는 절기로의 감행 모든 당부들과
결별하기 좋은 아침

골목의 다짐

우리는 한 골목 입구에 도착했다 처음엔 나란히 옆모습을 보며 걸었다 골목은 점점 좁아지고 있었다 앞서거니 뒤서거니 한 사람이 한 사람의 뒷모습을 보며 걸었다 담쟁이넝쿨만 무럭무럭 골목은 점점 좁아지고 있었다 벽을 등지고 서로를 마주보며 걸었다 골목은 점점 좁아지고 있었다 문득 한 사람이 뒤돌아 골목을 빠져나갔고 한 사람은 남았다

기억 담쟁이넝쿨만 무럭무럭, 세상의 모든 골목은 구불구불하고 어둡지만 그건 마치 황무지의 나무들이 바람의 방향 쪽으로 기운 것처럼 보이는 이치, 이제 골목의 무수한 벽들을 깨버리거나 훌쩍 뛰어넘거나 사실은 벽이 아니라고 믿거나 통과해버리는 등의 묘기를 부리지 않겠다고 적는다 골목 끝을 두려워하지 않기로 나아가기로

골목의 다짐, 남은 한 사람은 가만히 벽을 따라 옆으로 옆으로 걸으며 기나긴 문장들을 쓰기로 한다 아무렇지 않은 듯 천천히 나아가며 벽을 따라 걷는 슬픔, 고요한 경전들을, 파멸과 극복을 반복하는 영웅 전집들을, 타인의 일기장을 지우고 그들을 구원하는 일을 멈추기로 한다 타오르는 문장들, 이제 일용할 양식은 매일 조금씩 갱신되는 슬픔

인력

해질녘 붉음
저마다 다르게 빛나는 먼지들을
짙은 노을이라 부르지 않기로 한다

거꾸로 걸어놓은 달력에서
후드득 떨어지는 숫자들
날짜가 맞습니까, 기억이 맞습니까

봄날의 남은 일과는
저무는 것으로 다만 저무는 일

기억이 맞습니까, 벚꽃이 맞습니까
초속 오 센티미터로 떨어지는 꽃잎들
비스듬히 서 있는 나무에서

그럼에도 불구하고 노을처럼
인력, 모든 물체들은 서로 끌어당긴다
밀어내면 밀어낼수록 가까워지는

기억처럼 그럼에도 불구하고
그리워하면 그리워할수록 멀어지는
이상한 법칙에 대해 놀라지 않기로 한다

희미한 살냄새가 묻어나는 연필
지문 가득한 지우개를 만지다가

한 사람과 먼 사람 사이에 흐르고 있을
아름다운 법칙에 대해 믿지 않기로 한다
다행이거나 다행이지 않을 뿐

먼지로 흩어져 떠다니다
서로에게 가닿을 마지막 인력에 대해
법칙보다 예감인 해질녘 늦봄

귀가 부끄러워

그늘진 쪽으로 몸이 기운다
모든 사랑은 편애

제철 맞은 꽃들이
분홍과 분홍 너머를 다투는 봄날
사랑에도 제철이 있다는데
북향의 방 사시사철 그늘이 깃들까 머물까
귀가 부끄러워, 방이 운다 웅— 웅
얼어붙은 바닷속 목소리

철도 없이 거처를 옮겨온 손이 말한다
혼자 짐 꾸리는 것도 요령
노래나 기도문처럼 저절로 익혀지는 것
점점 물음표를 닮아가는 등
끝은 언제쯤일까 의문문은
봄이 가기 전 완성되어야 한다

내내 겨울인 북극 떠올리기
사람이라는 뜻의 이누이트에게 물을까 배울까
화를 다스리는 요법에 대해 알려줄게
얼음 평원을 향해 걷는다 한다
걷고 걷다보면 해질녘 극점
발을 멈춰 온 길을 되돌아온다 한다

뉘우침과 용서와 화해의 길

그럼에도 불구하고 애도
나는 뉘우치지 않겠습니다
나는 용서하지 않겠습니다
나는 화해하지 않겠습니다
사시사철 환한 그늘이 한창일 북향의 방
얼어붙은 바다를 부술 것, 목소리를 꺼낼 것
끝은 어디쯤일까 봄이 오기 전
의문문은 완성되어야 한다

도처에 꽃말과 뉘우침과 용서와 화해들
귀가 부끄러워, 결별하기 좋은 봄의 시국

매화, 풀리다

겨울의 뒷모습과 매듭을 잊은 시간으로부터

나는 오늘 상춘객, 꽃 보는 일 외에는 아무것도 하지 않겠습니다 아직 차가운 손끝 혼자의 나들이 물어물어 찾아간 청매홍매야 내 마음이 들리니 목소리가 들리니 봄의 입김으로 풀리는 살갗이 환하게 아프겠다, 아프지 않겠다

누군가 날 생각하면 신발끈이 풀린다는 말

눈뜨면 아프기도
눈감으면 아프지 않기도 하니까
매일매일 멀리서 가까이서
오래 꿈꾸던 문장을 우리 이제 매듭짓기로 하자
청실홍실의 상상력, 몹쓸

한 발 한 발
저 매화를 다 걸어야 하는데
오늘따라 신발끈이 자주 풀리는 이유
누군가의 생각을 짐작하겠다, 짐작하지 못하겠다

먼 곳에 닿을 꽃과 안부

언젠가 대신 신발끈을 매주며 함께 있는데도 풀릴 만큼 좋

아, 묻고 답하던 날 마지막 꽃에 귀기울이면 그날의 목소리 ─
돌아올 거라 믿습니다 모든 나무에게 꽃이 그렇듯 함부로
피는 사랑이란 없다 잘못 매듭지어진 시간이 있을 뿐

　　단단한 다짐이 필요해
　　기억이 저무는 사이 서성이는 상춘객
　　주머니 속 숨겨놓은 꽃향기
　　한 사람에게 닿을 텐데, 닿을 것만 같은데

내가 가장 예뻤을 때*

내가 가장 예뻤을 때
망루는 와르르 무너지고
꿈꾸지 않은 곳에서
흰구름 같은 것이 보이곤 했다

내가 가장 예뻤을 때
멀리서 가까이서 사람들이 죽었다
춥거나 뜨거운 곳에서 이름도 없는 방에서
나는 그늘지지 않을 기회를 잃었다

내가 가장 예뻤을 때
아무도 다정한 풍경을 만들어주지 못했다
사람들은 성급한 화해밖에 몰랐고
알 수 없는 눈빛만을 남기고 등을 보였다

내가 가장 예뻤을 때
나의 나라는 자신 스스로에게 졌다
이런 말도 안 되는 일이 있느냐며
단추를 목까지 채우고 비굴한 거리를 바라보았다

내가 가장 예뻤을 때
여기저기서 위로라는 단어가 들려왔다
출발도 못했는데 쉬어 가라는 목소리처럼

나는 달콤한 제안을 아낌없이 받아들였다

내가 가장 예뻤을 때
나는 지나치게 우울했고
나는 지나치게 어리석었고
나는 지나치게 홀로였다

뒤늦게 결심했다 되도록이면 잘살기로
평생 아름다운 신을 그린
프랑스의 루오 할아버지처럼 그렇게
죽기 전 벽난로에 그림을 던져넣은 그처럼 그렇게

* 이바라기 노리코의 시 「내가 가장 예뻤을 때」에 기대어 쓰다.

검은 숲

창문을 열고 책장을 덮으면

저기 검은 숲, 강물을 따라
한 소년이 떠내려가고 있다

사람들은 속삭였지, 지치면 안 돼
그 순간 수레바퀴에 깔린 달팽이처럼
온몸이 투명하게 으깨지고 말 테니까

왜 우리가 한 번도 열망하지 않은 것들이
심장 속 열망으로 숨쉬게 되었을까
소년이여, 대답하라

문득 지쳐버린 달팽이 한 마리
점액 몇 점으로 비명을 대신하며 사라지고
저기 검은 숲, 강물을 따라
촉수도 없이 깨끗한 이마를 드러낸
아름다운 한 몸이 떠내려가고 있다

소년이여, 대답하지 마라
왜 우리가 한 번도 열망하지 않은 것들이
수레바퀴 아래로 온몸을 밀어넣게 했을까

속삭임으로 지그시 지긋한 사람들
늦은 안부도 후회도 없이 지난봄
어떻게 마주해야 할까, 검은 숲의 기억을
다시 돌아올 무섭도록 짙푸른 초록을
우리는 똑바로 봐야 한다, 보게 될 것이다

한 소년이 떠내려가고 있다
저기 검은 숲, 강물을 따라

책장을 덮고 창문을 열면

세상 쪽으로 한 뼘 더

흰옷을 입고 걸어갔다, 고집스럽게
누군가 고집은 투명한 슬픔이라고 말했다 하자

우리라는 이름으로 도착한 세상, 꿈결도 아닌데 왜 양을
세며 걸어갔나 몽글몽글 구름옷을 입은 양떼들이 참 많이도
오고 갔다 포기 없을 다정이여 오라, 병(病)이여

양 한 마리 양 두 마리 양 세 마리

양 한 마리에 사랑을 양 두 마리에 재앙을 양 세 마리에
안녕을

푸른 풀포기에 맺힌 이슬방울만큼 떠오르는 생각들 얼굴
들 약속처럼 추억이 방울방울 피어오르다 이미 추억이 될
수 없는 이름들과 오고 있는 무엇, 무엇들아

날씨보다 한 발 먼저 도착해
우리를 기다리고 있는 시간에 대해 함부로 말하지 않기
로 하자

오늘의 세상 한쪽에선 비가 내리는데 한쪽에선 흐린 하늘
이 펼쳐져 있다면 또다른 한쪽에선 맑음이라면, 믿을 수 있
나 믿지 않을 수 있나 우연이라는 운명을

문득 비 오는 날과 흐린 날과 맑은 날 중에 어느 것을 가
장 좋아해*

비 오는 날과 흐린 날과 맑은 날 중에 어느 것을 가장 좋
아해, 묻는 목소리를 가장 좋아해

투명한 슬픔을 고집이라고 누군가 말했다 하자
고집스럽게, 흰옷을 입고 천천히 발을 내딛는

* 애니메이션 〈추억은 방울방울〉에서.

2부

빗장뼈의 어원은 작은 열쇠

오는 봄

가장 견디기 어려운 것은
중력이었다

사과한알이떨어졌다.지구는부서질정도로아팠다.최후.이
미여하한정신도발아하지아니한다.*

가도 가도
봄이 계속 돌아왔다

* 이상의 시「최후」에서.

기울어진 빨강

언젠가 초록과 빨강을 구별하지 못하는 이에게, 단풍 구
경 가자고 했나 못했나 그런 구경은 해본 적 없다던 대답은
현재진행형이고, 눈꽃의 결정을 상상하는 열대의 아이 같은
표정과 마주했나 눈감았나 초록이라고 쓰고 빨강이라고 읽
다 빨강이라고 읽고 초록이라고 쓰다 이제는 없는 왼쪽 가
슴에 귀기울이던 시간, 무엇을 들었나 흘려들었나 뛰는 것
으로 멈춰가던 그때의 심장, 해 지는 쪽으로 기울어진 우체
통을 지나다 방향이 곧 균형인 습성에 대해 고개를 내저었
나 끄덕였나 오래전 동봉한 마음이 물드는 가을, 더 추워지
기 전에 빌린 체온을 돌려주기 위해 노력했나 아니면 뺏기
지 않기 위해, 가장 아름다운 날은 우리가 아직 살아보지 못
한 날이라고 예감했나 위로했나 먼 필체에서 들려오는 오늘
의 안부, 한 줄 읽을 때마다 한 줄 지워져가는

하얀 밤, 앵무

밤은 참 많기도 하더라*
오래전 그는 조용히 적었습니다
언제나 밀려왔다 밀려가는 것으로
숨기장난 하는 어둠은
저 혼자 밤새 안녕합니까, 안녕입니까
같은 문장에 새로운 밑줄을
긋고 또 지우는 날들
때로 한 문장을 넘어서기 위해서
모든 밤이 필요하기도 합니다

날마다 무럭무럭 자라는 어둠처럼
그의 텅 빈 두 눈 속에
내가 잃어버린 것이 가득한 것을 봅니다
한 번도 날아오르지 못했으면서
날개를 잃었다고 착각하는 앵무처럼

오늘의 나는 무심히 적고 있습니다
하얀 밤은 참 많기도 하더라
차올랐다 기우는 것으로 언제나
숨기장난 하는 달은
밤새 저 혼자 안녕입니까, 안녕합니까
보이는 문법에 보이지 않는 행간을
건축하다 또 무너뜨리는 날들

모든 밤이 필요하기도 합니다
때로 한 사건을 넘어서기 위해서

나는 그의 앵무입니까, 앵무가 아닙니까
온몸이 꽃잎으로 뒤덮인 앵무는
무럭무럭 어둠을 빨아들이다 지쳐
하얀 밤, 앵무가 되기도 됩니다
구름과 구름 사이를 통과할 만큼
투명에 가까워진 그림자만이
아침이라는 제목의 시를 쓸 수 있습니다

도망쳐온 모든 밤에 안녕과 재앙이 있기를
서로에게 빌어주며, 빌어주지 않으며

* 이상의 시 「아침」에서.

꿈꾸는 우울

울울창창
큰 나무들이 빽빽이 들어서 우거진 모습
막힐 울과 무성할 창의 어깨동무가 보기 좋구나

무섭도록 짙은 여름잎
우거진 세계, 큰 인물들이 빽빽이 들어서
곱구나 막힐 울과 무성할 창의 그늘진 우울만이

큰 나무들 사이 작은 나무에게

한줄기 햇빛
            한줄기 바람
                    한줄기 물길

대신 남아도는 그늘만 잉여롭다 풍요롭다

작은 나무로부터 눈길을 거두고
오늘의 내리막길을 따라 걸으면
우리는 어느 방향의 발자국을 남기게 될까

문득 한 인물의 역사를
몇 개의 키워드로 요약하는 무례함에 대해
새삼 놀라워할 것, 지난 일들을 다시 쓸 것

오래전 그의 발자국이 국경에서 멈췄듯이
잠시 멈춘 숲길 위에서 떠오른 책 속의 문장

고통은 슬픔의 내리막길이 아닌
저항의 오르막길이 되어야 한다

온몸은 귀가 되고
어떤 문장은 들려오는 순간 다시 쓰여질 것이다
오르막길 쪽으로 한 뼘 더, 꿈꾸는 우울
이토록 아름다운 울울창창의 세계에서

빗장

문을 활짝 여시오
꼭 닫으시오 문을

마음이라는 무한한 원을 어떻게 열고 닫을까
빗장뼈의 어원은 작은 열쇠

무른 태아에게서 가장 먼저 솟아나
어른이 될 때까지 점점 단단해진다는 뼈
날마다 무럭무럭 자라나는 기억처럼
멀리서 가까이서 누군가의 목소리
마음의 빗장을 열어라 닫아라

세상 모든 빗장이 열리는 절기, 봄
만화방창 만화방창
열어라 닫아라 기억의 빗장을
어떤 포옹은 꽃그늘 아래서의 전쟁
보이는 분홍과 안 보이는 분홍을 다투는 사이

문장이 되기 전 흩어져버릴 숨결들을
뼈에 새기다, 꽃잎처럼 무르고 단단한

문득 한 사람이 꽃의 아름다움에 대해 말했을까
다만 한 사람이 아름다운 꽃들에 대해 말했을까

우리 이제 하나의 이름으로 묶일 수 없는
그럼에도 불구하고 믿으며 믿지 않으며
순리대로, 네 음절 앞에 무릎 꿇지 않을 것
오래전 잃어버린 빗장을 찾아
오고 있는 시간에 아첨하지 않을 것

분홍을 꼭 닫으시오
활짝 여시오 분홍을

목요일이었던 구름

목요일은 한 사람의 생일

멀리서 가까이서
목요일이 어디로 가는지
언제 돌아오는지 질문하는 날이 길다

기억, 목요일의 구름
눈부시게 피어오르다 사라지는

한 사람의 행방과
목요일의 촛불
구름의 습기에 대해

가만히 돌림노래가 되는 질문
대답이 들리지 않는다, 않을까 영영
살아 있는 귀신들의 나라

문득 애도 일기를 펼치면
사라지다 피어오르는
목요일 그리고 구름과 기억
침몰한 자리에서 떠오를 문장이 있다
대답하라, 사고와 사건의 차이를

멀리 가까이 있는 한 사람과
안녕, 안부를 나눌 수 있을 때까지
성급한 악수와 다독임을 경계하기

목요일이었던 구름
목소리들 다 지난 일 운운, 그럼에도 우리
기억마저 침몰해버린 추운 자리에서
끝내 떠오를 문장을 바라며 믿으며

이제는 없는, 한 사람의 생일시를 쓰며
무섭도록 푸른 보랏빛 입술에 귀기울인다
온 나라 구름 가득하겠다, 우리 그럼에도

간헐적 그리움

가을의 다짐에 귀기울여보세요

하루 한 끼니와 같이
하루 한 번 당신을 그리워하기로 한다
간헐적으로
나뭇잎들 떨어지다, 떨어질까
지난 기억과 이번 가을 사이

마땅할 당, 몸 신
마땅히 내 몸과 같은 당신이라 부르지 않기로 한다
그럼에도 이미 아직
당신이 당신이라면
사이사이로 지는 잎새 쌓이거든
열두 겹 포근히 즈려밟고 오세요*

도착 대신 연착되는 안부일 때
이번 가을과 다음 기억 사이
그럼에도 아직 이미
하루 한 끼니에 익숙해진다면
나뭇잎 사이 숨겨놓은 다짐을 들추지 않기로 한다

몸속 세포가 바뀌듯이
간헐적으로

나뭇잎들 떨어지다, 돋아날까
계절이 오고가는 사이
열두 겹 기억의 도착을 예감해보기로 한다
그럼에도 이미 아직
한줄기 햇빛 시침이 우리를 향하는 시간

다짐에 귀기울여보세요 가을의

* 김남주의 시 「지는 잎새 쌓이거든」에서.

탐구생활

금방 울 것 같은 우리처럼
눈이 올 것 같은 하늘처럼

오래된 탐구생활
겨울방학이면 하루 한 장씩
생활을 탐구하던 시절
우리는 볼 빨간 소년이었을까, 소녀였을까

오늘의 주제는
눈을 관찰하고 내용을 기록해보자
구름으로부터 떨어져내리는 얼음의 결정
기억의 결정, 누군가로부터 떨어져내리는

원리를 탐구하면 할수록
눈의 내재율에 귀기울이게 되는 이유는 뭘까
몇 권의 기록 따위는
중요하지 않거나 기억되지 않을 뿐
그럼에도 우리의 생활은 계속된다

두 손 위에 도착한 눈송이들
호흡과 호흡 사이
사라지는 결정의 비밀에 대해 묻지 않기로 한다
비밀 없음을 숨기기 위해 꾸며낸 비밀처럼

내재율로 말하는 눈의 목소리처럼

생활에 밑줄 긋기를
당부하던 시인은 검은 구름 속으로 떠났고
매일 거르지 않고 탐구하고 있지만
왜 이토록 생활에 미숙한 걸까

눈이 올 것 같은 하늘처럼
금방 울 것 같은 우리처럼

꽃소식입니까

꽃을 즐겨 그리다 쇠약해진
그가 병원을 찾았을 때 의사는 물었다
쇠를 다루는 대장장이인가요

잊을 수 없는 질문이었다는 편지 속 문장
유화라기보다 으깬 꽃잎에 가까운 그림들
그림 그리기란 온몸의 노동이어야 한다는
그의 믿음은 아름다운 이데올로기

귀가 아플 만큼 고요한 날
귀를 자른 그는 미친 듯이 웃는 것으로 한 계절을 앓았다

모든 꽃은
            안 들리는 한 점 향기를
                        수없이 두드린 봄의 노동

대장장이가 쇠처럼 무른 것은 없다고 말할 때
우리는 노래한다, 꽃잎처럼 단단한 것도 없음을
오늘의 노동을 다하지 못한 시인에게
세상이 바뀔 거라는 소식 대신 날아든 소식

문득 도착한 곳
아직 들리지 않는 향기, 꽃이 없다

그늘로만 서성이는 발걸음 너머
누군가 저 다리를 건너가면 절정이 환할 거라는 귀띔

봄과 봄 사이

저만치 바닥을 나뒹구는 꽃숭어리의 절정
그렇게 가는 봄날
세상의 꽃소식인 것 같기도, 아닌 것도 같은

밤과 새벽의 돌멩이

세상에 말 못할 비밀은 없다
다만 들어줄 귀가 없을 뿐

절기마다 비밀은 아름다운 법칙으로 태어나고
광합성도 없이 한 뼘씩 자라나는 문장들

밤으로부터 새벽에게로

오래된 이야기 속 목소리 들린다
잠든 돌멩이를 깨워보렴, 속삭여보렴
모든 비밀은 위대하거나 은밀하거나
한 시인이 말했듯
비밀 없음은 또다른 가난을 뜻하는 것

밤의 돌멩이로부터 새벽의 돌멩이에게로

다시 들려오는 목소리
말해보렴, 모든 걸 털어놓으렴
말 못할 네 문장을 대신 간직해줄 거야
뒤척이다 기지개를 켜는 용기
돌멩이를 깨워 한 줄 문장을 속삭이는 사람
여름잎처럼 짙어가는 비밀만 풍요롭다

저만치 오고 있는 절기
떨어지는 잎들의 비밀이 한창일 때
문장을 간직하는 것으로 잠들다, 깨어날 돌멩이

다만 들어줄 귀가 없을 뿐
세상에 말 못할 비밀이 있을까

겨울의 호흡

달력 한 장을 뜯어 동그랗게 말면
겨울을 향해가던 숫자들이 멈출까
소매 속으로 숨어들까

아름다운 숫자들, 겨울에 가까운 가을이 구름 근처를 서
성인다 어떤 기억은 잊었다고 말하는 순간 더 또렷해지고

찻잔을 저으며 떠올리다
녹는점이 서로 다르다는 건
타인의 취향만큼 가깝거나 멀고
어는점이 같다 해도
다행이거나 다행이지 않을 뿐

기억나는지, 호흡 한 점에 빙벽의 온몸이 녹아내리던 풍
경이 있었다 이제는 웅크린 그림자조차 얼어붙게 하는 그
날의 호흡

얼음이 녹는 온도에서 눈물은 언다

외로움만큼 가파른 절벽이 있을까
베개 밑 시집에서 들리는 문장
문득 숫자들의 정교함, 그럼에도 불구하고
절벽을 오르다 빙벽을 만날 가능성에 대해

찻잔을 젓다가 스푼이 녹을 가능성에 대해

불가능의 가능성을 오래 꿈꾸다

지나간 구름을 다시 만날 수 없는 세계에서
절벽을 부수고 그 안에 든 빙벽과 마주할 것
물에 녹는 물질로 스푼을 만들어 찻잔을 저을 것
푸른 빙벽을 바라볼 수 있도록
찻잔 속 사라지는 스푼을 바라볼 수 있도록

호흡인 듯 스미는 겨울처럼
눈을 찌를 문장, 구름의 행간에 새길 수 있을 때까지

무릎베개

누군가 탄식합니다 *귀에는 세상 것들이 가득하여 구르는 홍방울새 소리 못 듣겠네** 고백합니다만, 저 역시 그런 귀를 갖고 있지요 부끄러움이 차고 넘칠 때 찾아가는 기묘한 가게를 소개합니다 책을 펼쳐 수소문해야 열리는 귀 파주는 가게, 똑똑 노크하고 들어서니 가만히 반겨주는 그녀가 있네요 말없이 내어주는 무릎을 베고 누워봅니다 세상 것들이 가득한 귀를 맡겨보아요 귀, 당신이 아니면 함부로 맡길 수도 없는 마음과 닮지 않았습니까 급소를 내놓는 일이 평화로 바뀌는 건 순간이군요 무릎의 시간 사이, 차가운 귀이개에 깜짝 놀라던 추운 날들을 잠시 잊어도 좋습니다 나무의 살을 깎아 만든 귀이개에서 나이테의 속삭임이 착각처럼 들려오네요 책상 서랍 깊숙이 숨겨놓았던 기억도 그녀의 손길 아래서는 속수무책, 기억 뭉치들 또르르…… 귀이개에 달린 새하얀 솜털들이 부끄러운 잔해를 솔솔 털어줍니다 금세라도 들릴 듯, 아니 들릴 듯 홍방울새 소리 그러나 그녀의 마무리는 언제나 호— 하고 숨결을 불어넣는 일, 이 무릎 아래라면 고요한 죽음도 처음 깨어난 듯한 잠도 가능할 것만 같아요 오래전 먼지였을 태아마저도 가는 숨소리를 내게 만드는 솜씨, 무릎에 귀를 묻다 고백합니다만, 이럴 때 우리는 탄식해도 좋겠습니다 *자지러지는 저 홍방울새 소리 나는 더 못 듣겠네***

*, ** 이성복의 시 「귀에는 세상 것들이」에서.

세상에서 가장 긴 의자

바다는 언제나 청춘, 오래전 한 문장에 그어놓은 밑줄이 출렁인다 밀려왔다 밀려가는 파도라면, 기억이라면 눈감았다 뜨는 사이 국경을 넘었던 것처럼 문득 오늘의 해변에 도착하게 되었다면 왜 이곳까지 오게 되었을까 질문은 금지 어쩌다보니, 라는 대답은 반칙일 것

멀리서 보면 청춘, 가까이서 보면 재앙일 때 요법처럼 어릴 때 읽었던 동화를 떠올려보자 달과 지구에 관한 아름다운 이야기를 기억하니 하늘보다 구름 글자보다 여백으로 가득한 책장을 펼치면 서로를 끌어당겼다 밀어내는 힘이 팽팽하던, 이것은 달과 지구의 이야기만은 아닐 것

한 사람의 입김이 가까워지면 밀물, 멀어지면 썰물이라고 함부로 말하지 말자 지친 줄도 모르게 지쳐가고 있다면, 걱정을 위한 걱정이 해저 이만 리라면 그렇게 깊어지다 가까스로 세상에서 가장 긴 의자를 만나게 된다면, 해변을 따라 구불구불 이어지는 그 의자에 앉아보자 모래알은 반짝

그때의 바다라면 파도라면 이야기라면, 한 문장이 다음 문장으로 이어질까 속삭이고도 다시 피어오르는 구름 같은 시간을 나눠 갖자 물결구름의 문장이 모래알에 닿기 전 흩어진다면, 차라리 음악일까 그러니 재앙 같은 청춘이여 오라, 아름답게 부서져버릴 마음이라면 더더욱

3부

편지 속 문장은 언제 도착할까요

밤의 이중나선

우리, 마음 한가운데 나선형 계단을 쌓아올렸다

침입자가 계단을 오르며 칼을 쓰기 어렵게 만들기 위해서

반대로 주인은 침입자의 목을 칼로 베기가 용이하다

그러나 나는 오른손잡이, 당신은 왼손잡이였을까

벚꽃 이동통신

내내 분홍색 소음에 시달린 귀, 이번 절기는 다만 바라보는 일에 몰두하기로 한다 허공을 새어나온 점점의 벚꽃들이 바닥을 뒹굴던 흔적, 그림자만 두고 갔다 그해 봄은 어디로 갔는지 바다에 잠긴 목소리들은 다 어디로 갔는지 언제 어떻게 다시 돌아오는지 믿을 수 없을 만큼 천국보다 더 천국인 곳에서 잘 지내고 있다고 말해주겠니

저만치, 행방을 수소문하듯 돌멩이 하나 던져 어룽대던 그림자를 깨뜨려본다 눈을 감았다 뜨면 다시 무럭무럭 자라나는 그림자 그림자들 봄이 돌아올 때까지 벚꽃 이동통신은 잠시 휴업중이다 당분간 안부는 불가능할 것 그럼에도 불구하고 멈추지 않을 것 견딜 것

아침에 떨어진 꽃을 저녁에 줍는 손처럼, 저 혼자 바닥을 뒹구는 목소리들을 성급하게 거두지 않기로 한다 들어보았니 어느 마을에서는 집이 완성된 후, 가장 먼저 집 앞을 지나가는 사람의 그림자에 돌멩이를 던진다고 한다 소음이 없는 누구도 아프지 않고 춥지 않은 그곳에서 영원히 자라나는 구름의 구름처럼, 날마다 태어나고 있다고 말해주겠니

스노볼*

책장 한편
눈 내리는 마을 스노볼이 놓여 있다
고요한 세계, 시인이
아름다운 나타샤를 사랑해서
눈이 푹푹 내린다

문득 스노볼을 흔들면
눈송이들 반짝이며 흩어졌다 약속처럼 가라앉는다
그 시간을 한 생이라 부르자
시인은 아직 나타샤를 사랑하고
눈은 푹푹 내리고
맑은 술을 마시며, 혼자 쓸쓸히 앉아 생각한다

사계절 겨울인 세계에서는
눈 내리는 동안만 사랑이 있을까 사랑이 되돌아올까
고요에 눈이 멀고 귀가 멀고

눈이 푹푹 쌓이는 밤 나타샤와 시인은
흰 당나귀 타고 마을로 가자
작은 새가 우는 눈 내리는 마을로 가 살자, 노래하고

스노볼을 흔들면 문득
약속들 반짝이며 흩어졌다 눈송이처럼 가라앉는다

그 시간을 한 생이라 부르지 말자   —

눈은 푹푹 내리고 시인은 나타샤를 생각하고
나타샤가 오지 않을 리 없다
언제 벌써 내 속에 고조곤히 고조곤히
눈 내리는 마을로 가는 것은 세상한테 지는 것이 아니다
세상 같은 건 더러워 버리는 것, 버리지 못하는

고요한 세계, 시인이
아름다운 나타샤를 사랑해서
흰 당나귀도 오늘밤이 좋아 응앙응앙 울 것
눈 내리는 마을 스노볼이 놓여 있다
책장 한편

* 백석의 시 「나와 나타샤와 흰 당나귀」에 기대어 쓰다.

                                                                —

봄의 미안

누가
봄을 열었을까, 열어줬을까

허공에서 새어나온 분홍 한 점이 떨고 있다
바다 밑 안부가 들려오지 않는데, 않고 있는데

덮어놓은 책처럼
우리는 최선을 다해
세상에서 가장 이기적인 말을 반복했다
미안(未安)
잘못을 저지른 내 마음이 안녕하지 못하다는 말
이제 그 말을 거두기로 하자, 거두자

슬플 때 분홍색으로 몸이 변한다는 돌고래를 본 적이 있다
모든 포유류는 분홍분홍 울지도 모른다

오는 것으로 가는 봄이어서
언제나 봄은 기억투쟁 특별구간이다
그렇게 봄은 열리고 열릴 것

인간적인 한에서 악을 선택한 거라고 말한다면
오래 바다에 귀기울이자
슬픔은 날마다 새로 태어나는 그 무엇이어서

봄은 먼 분홍을 가까이에 두고 사라질 것   —

성급한 용서는
이미 일어난 일을 다시 일어날 수 있는 일로 만든다
오래 이어질 기억투쟁 특별구간

멀리서 가까이서 분홍분홍 들려오는 밤
덮어놓은 책은 기도와 같다는 문장에 밑줄을 긋는다
오고 있을 문장은 기도가 아니라 선언이어야 할 것

봄을 닫기 전에, 닫아버리려 하기 전에
누군가

—

봄이 달력에 보이는 것보다 가까이 있음

꽃봄을 줄게, 봄꽃을 다오
중얼거리는 사이 저만치 기억이 오고 있다

경고에 가깝거나
안내보다 먼 문장들에 오래 머뭇거리는

꽃잎 한 점 떨어져도
봄빛은 줄어든다, 속삭이던 목소리는 이제 없다
투명하게 웃는 얼굴들이 희미해지는 동안
안 보이는 발자국을 따라 길을 나서면

때로 어떤 순간은 영원이 되고
끝나는 듯 시작되는 길 위, 우두커니
무심코 지나친 풍경이거나 놓쳐버린 시간

저기 어떻게 흩날려야 하는지도 모르면서
고요하게 흩날리고 있는 점점의 벚꽃들이
사이드미러 풍경 안에 고여 있다
그 시간 속에 씌어 있는 한 줄 문장
사물이 거울에 보이는 것보다 가까이 있음

기억은 언제나 우리를 앞지르며 도착해 있다
봄이 달력에 보이는 것보다 가까이 있음

모든 봄은 지난봄을 간직한 채 피어오르고

가만히 있으라, 가만히 있지 마라

경고에 가깝거나
안내보다 먼 문장들에 머뭇거리지 않기 위해
이제 우리는 지난 사건을 발견하며
그 사건으로부터 뒤돌아보면서 나아가야 한다

그러니 봄꽃을 줄게, 꽃봄을 다오
저만치 기억이 오고 있다 선언하는 사이

필사

지난 봄편지에 희미한 꽃가루가 묻어 있습니다

잔기침이 나오는 것도 아닌 것 같기도 한
가을의 숙제는 필사
편지 속 문장은 언제 도착할까요
우리의 절기 내내 숙제가 있습니다

한 수도사를 떠올리면
일상이 모여 일생이 되는 것 같기도
아닌 것 같기도 합니다
한 평 좁은 방에서의 수도라면
신의 음성을 손끝으로 되살리는 숙제
필사를 더해갈수록
그와 가까워졌는지 도무지
멀어졌는지 알 수 없습니다

그럼에도 묵독
내게 능력 주시는 자 안에서
내가 모든 것을 할 수 있느니라
문장에 밑줄을 긋지 않겠습니다
차라리 오독 신은 무의식이다
라는 문장에 몸이 기울었는지
마음이 기울었는지 알 수 없습니다

우리는 꿈꿀 수 없는 것들만 꿈꾸는 사람들
먼지 한 점에 우주가 들어 있듯
광장을 지나는 한 사람의 표정에
세상의 모순들이 담겨 있듯

말하는 자의 혀는 타지 않으리라 믿습니다,
필사적으로

웃는 돌

구름아 물결무늬 번지는
꽃잎 장난 하는 고양이야

내 이름이 모난 돌이라면
고양이에게 구름에게 이야기를 들려줄까
웃는 돌이라면 네 이름이

과연 조금씩 둥글어진다는 것 아니 사랑

사랑이라니, 구름아 고양이야
구원에 대해 생각하는 것
망각하는 것 구원에 대해
한 뼘 곁을 내어주다
한 사람이 다른 한 사람에게
호흡이 전부인 거리, 곁

문득 한 사람의 모서리가
다른 한 사람의 호흡으로 둥글어지는 시간
웃는 돌, 기적이라니

그래 그래도 고양이야 구름아
한없이 큰 네모는 모서리가 없음을 생각하자
꽃에 마음을 빼앗겨 눈멀었던 것처럼

한없이 큰 소리는 들리지 않음을 기억하자
꽃말 아득한 약속에 녹아버린 귀처럼

이제는 없는
곁에 머무는 호흡보다 기억이라면
한 뼘 천국임을 재앙스럽게
우리의 역사, 눈감았다 뜨면 시작되는 이야기
기록하지 않은 기록되지 못한
행간의 문장들을
재앙스러운 아름다움이라고 번역하지 말자

꽃잎 장난 하는 고양이야
구름아 물결무늬 번지는

쌍리(雙鯉)

문득 돌아보는 꽃처럼

쌍리를
한 쌍의 잉어라고 읽는 날이 길다

오래된 책을 펼치면, 흰 비단으로 만든 잉어를 보낼 테니
뱃속을 갈라 숨겨둔 편지를 읽어보세요 속삭이는 목소리,
먼 곳에서 보내온 붉은 문장 한 줄을 되풀이하는 동안 한 생
이 온다, 온다 한들 오지 않는다 한들

마음과 안부 사이
접힌 편지 뒷면, 서로의 꼬리에 입맞추는 한 쌍의 잉어

꽃이 오는 줄 알았으나 절기가 가는 줄은 모르던 시간, 비
늘마다 검은 먹구름 물드는 동안 우두커니였어요 목소리의
속삭임, 저만치 고인 물로 돌아가는 한 사람의 뒷모습을 바
라보다, 간다 한들 아주 가지 않는다 한들

다 잊겠다는 말은 조금도 잊지 못했다는 뜻, 혹은 혼자 하
는 고백

밤으로부터 새벽 너머
편지 위로 툭 떨어지는 아직 문장이 아닌 울음, 울음들

함부로 물길을 거스르다
온몸 비늘이 붉게 멍든 잉어 한 마리, 고요하다

두 마리 잉어를
쌍리라고 쓰는 날이 길다

절기도 모르고 혼자 피어난 꽃의 호시절

손님 거미

누군가 아직, 출발하지 않았을 때
내 눈앞에 도착한

거미가 줄을 타고 올라갑니다
거미가 줄을 타고 올라갑니다

그 장면이 들려주는 말
낮에 거미가 보이면 반가움이 찾아온다
어떤 이야기는 속설이거나 바람이고
약속한 손님이 없는 것도 같은 날
찾아올 것도 같은

비가 오면 끊어집니다
햇님이 다시 솟아오르면

오늘 끊어졌다가
어제 다시 닿을 안부처럼
한 마리 거미가 절망을 잊게 할 수는 없다
움직이는 거미를 바라보는 동안만 잊히는 절망

거미가 줄을 타고 내려옵니다
거미가 줄을 타고 내려옵니다

노래가 들려주는 한 장면
밤에 거미가 보이면 슬픔이 찾아든다
바람이거나 예언인 어떤 이야기
약속한 손님이 없는 것도 같은 날
찾아올 것도 같은

뒤늦게, 출발한 누군가는 반가운 슬픔일 것
내 눈앞에 도착할

꽃과 굴착기

손베개를 하고 돌아눕는데
머리맡 책장에서 힐문이 들려온다
기도하는 그 손을 그만 거두시오
책과 혁명에 관한 기록을 마저 읽을 수 있을까

두 손을 모아본 적이 오래되어
더 깊이 돌아누웠다, 손베개를 풀지 않은 채
어딘가에서 새로운 꽃들이 피어날 때
구름처럼 번져오는 읊조림, 읊조림

마망 마망 마망 마망

우리는 기억한다
한 뼘 정원을 지키려다 사라진 마망의 이야기
말하듯 노래하며 마망을 부르면
둥근 입술에서 포유의 기억이 새어나오고

보이는, 보이지 않는 바리케이드
오래된 정원의 꽃무리를 짓이기던
굴착기의 단호함을 떠올린다
그날 마망의 가슴에 파인 고랑을 서성일 때

어쩌면 우리는

이미 벌써 두려워하고 있는지도 모른다
점점 더 단단해지는 그들의 단호함 앞에 무력할 때
우리라는 이름을 구름에 실어 보내고 싶어질 때

그럼에도 애도
식이 진행되는 동안만 견딜 수 있는 부재
차라리 장례식이 끝나지 않으면 좋겠다던
한 사람의 눈동자를 마주할 수 있을 때까지

시작되는 애도
책과 혁명에 관한 기록을 마저 쓸 수 있을 때까지
가장 단단한 장벽, 구름의 바리케이드를 칠까
한 사람을 향해 두 손을 모으기 위해

망우(忘憂)

귀가 멀 듯 귀가 멀지 않아

식물들의 목소리에 귀기울이는 오후
고요한 도감을 펼치면
줄기와 뿌리 끝 생장점 이야기
일생을 다해 이루어진다는
그들의 생장을 잠시 부러워했나, 우리를 부끄러워했나

어쩌면 좋을까, 좋겠니
우리는 근본이 없고
있는 줄기마저 마구마구 엉켜버린 세계 속
잠든 생장에 대해 누구에게 묻겠니, 물을까

그럼에도 봄맞이
약속처럼 현기증이 돌돌 돌면
노란 원추리꽃이 눈에 들고
근심을 잊게 한다, 망우초라고 불린다는 원추리
원추 원추 원추
점점 돋아나는 푸른 잎을 보니
피어나는 노란 꽃을 보니 점점
신이 나는 것 같았지만
신이 있다면 그런 일은 일어나지 않았겠지

노란 나비가 들판에도, 바다에도
이렇게 펄럭거리는데
어떻게 가라앉았는데
우리에게는 망각에 대한 권리가 없다
엄청나게 멀고 믿을 수 없게 가까운 소식들이
아지랑이처럼 피어오르는 세계

그럼에도 애도
이제 우리 항, 우울
저항하라 저항하자

귀가 멀지 않아 귀가 멀 듯

옛날 일기를 새로 읽다

같은 강물에 발을 두 번 담글 수 없다

깨끗한 절망
이제 우리는 오늘의 강물에 발을 담그게 된 것

한 치 앞 꽃향기도 분간할 수 없는 밤
말을 타고 강을 건너는 일을
눈먼 자의 도강(渡江)이라 부른다

그럼에도
그저 눈을 감아버릴 수도 없는
차마 고개 돌려버릴 수도 없는
스스로, 눈먼 자에게
빛과 어둠의 조도는 같다
사라지는 순간 가장 빛나는 별똥별처럼

일찍이 세상 걱정에 우울이 깊었던 한 사람
열하의 말 위에서 써내려갔다는 일기를 읽는다

내가 이 밤, 이 강을 건넘은 천하의 모험이다
그러나 나는 말을 믿고
말은 제 말굽을 믿고
말굽은 땅을 믿는다

별똥별이 떨어지는 순간
소원을 빌면 기적이 이루어진다는 말
우리는 출처가 불분명한 약속에 지쳤는지도 모른다
별똥별은 항상 등뒤로만 떨어졌기에

그러나 포기는 언제나 연착되어야 할 그 무엇
보이는 게 없어 두려울 게 없는
스스로, 눈먼 자인 우리에게

먼 곳의 꽃향기가 들려올 거라는 믿음을 허하라

같은 강물에 발을 두 번 담글 수 없기에
새롭게 차오를 강물에 발 담그고 있기에

한밤의 줄넘기

내일의 태풍은 아직 바람이고 공원 저만치 하늘거리는 코스모스 태풍은 좋겠어요 진로가 있어서 중얼거리던 입모양을 떠올리다

그럼에도 시작되는 줄넘기 우주는 멀고 코스모스는 가까이, 줄넘기는 도약의 즐거움을 안겨줄 거예요 코스모스 꽃말은 조화 우리들의 대화는 어떨까요

문득 믿을 수 있는 코스모스 꽃점 어떠세요 꽃잎 하나에 살아야 한다 꽃잎 둘에 이렇게 살아서는 안 된다 마지막 꽃잎, 쉽게 짓이겨지는 점괘 그럼에도 이어지는 줄넘기

이렇게 살아서는 안 된다 폴짝 살아야 한다 폴짝 끝내 넘어야 할, 그 이름은 아껴둘게요 진로는 미로의 여러 이름들 중 하나일 뿐

문득 떠오른 시인의 음성 의자가 많아서 걸린다 발목에 걸리는 건 뭘까요 계속되는 줄넘기 내일의 태풍은 이미 바람이고 하늘거리는 코스모스, 이상한 결기의 밤입니다

4부

가까이서 멀리서 언제나

천둥벌거숭이

적들은 언제나 승리한다

이제 천둥이 쳐도 숨지 않겠어요
그 시간을 기다려 벌거숭이로 뛰어나오겠어요
천둥 아래 맨몸으로 날뛰는 한 점이 되겠어요

언제나 승리하려는 적들을 향해

분홍 코끼리에게

수천 장 꽃잎을 녹여 빚은 듯 향기로운 살결을 가졌구나 쓰다듬는 손끝에 금세라도 물들 것처럼, 오래전 일을 기억하니 달아나지 못하게 발목에 채워놓은 쇠고리가 많이 무거웠지 움직이면 움직일수록 어린, 여린 발목이 부어오르곤 했지 그렇게 말뚝에 발목이 묶여 둥글게 원을 그리는 날들이었지 아무 일도 일어나지 않는 고요한 천국, 밤이면 먼 데 향해 분홍분홍 울지 않았니 이를 앙다물수록 새어나오는 그 소리 아득했겠구나 그리움처럼 무럭무럭 자라 말뚝을 뽑아버릴 만큼 힘이 세졌지 안타까운 건 그후에도 계속 같은 자리를 맴돌았다는 기록 혹은 기억, 끊임없이 원을 그리며 돌게끔 누군가 주술을 걸었나 걸지 않았나, 오래된 기억과 결별하기 좋은 날 처음부터 없었던 쇠고리를 만들어낸 믿음 말이야 이제 거두기로 하자 내가 새로 태어났다면 모든 것이 새로 태어났을 텐데, 라는 묘비명 따위는 쓰지 말기로 하자 다짐하는 순간, 한줌 온기의 불씨가 살아났잖아 활활 저만치 잘못된 천국이 불타고 있잖아 이제 아득하게 웃기로 하자 잇몸도 시리게 분홍분홍

구름이라는 망명지

오랜 소원은 울기 좋은 방을 갖는 것

새가 난다, 허공을

날던 새가 보이지 않는 건
구름이라는 망명지로 숨어들었기 때문이다
이슬점을 꾹 참으며 흘러가는 방, 구름
새는 왜 비 내릴 징조로 가득한
양떼구름으로의 잠입을 감행했을까

구름과 이슬점 사이에 희비극이 있다면,
이상한 막간극이라는 그의 희곡은 차라리 묘비명
세번째 아내를 맞이하던 즈음
그는 세 개의 문을 가진 작업실을 꾸민다
망명지로의 잠입 절차는 늘 까다롭고,
무덤 같은 방에서
또 한 편의 희비극이 완성되고 있다

망명에 들고 싶은데,
내일은 오늘의 잠입이 실패했다는 증명의 날이 될 것

세번째 문을 스스로 열고 나올 때까지
아무도 망명자와의 접선을 이룰 수 없었다는 그의 방

두려움이라는 단어를 아껴놓는다
망명 사유는 막간극 사이에 있고
양떼구름, 다만 흘러가는 것으로 이슬점을 견딜 뿐

해질녘 세번째 문 앞에서 그를 기다리던 아내
종종 그의 뺨에 남은 이슬점의 흔적과 마주했을 것이다

나에게로의 망명은 멀고
구름 속, 젖은 날개의 새에게
목이 부러지게 내가 그립다는 말을 하지 않았다

옥탑, 꽃양귀비

세상 끝나는 날까지 가난한 자는 있다

성서 속 문장에 밑줄을 긋는 순간
흐르는 구름과 창살 사이

당신은 부끄러울까
일용할 양식 대신 사들고 온 꽃양귀비 모종에 대해
많이 파세요, 드물게 밝았던 목소리에 대해
누군가에게 가난은 명사가 아닌 동사

내일 더 사랑해라는 비문처럼
점점 나아질 거라는 믿음을 오래 믿는다
옥탑에서 구름의 투명을 흉내내기
꽃양귀비, 꽃의 말은 망각과 위안이라는데
한나절 현기증의 색에 눈이 멀면
잠시 잊는 것으로 다독일 수 있을까

창살 너머 구름으로 흐르는

가난은 죄가 아니다
죄다
죄가 아니다
죄다

부정할수록 또렷해지는 정답이 있고
우리는 일찍 높은 곳에 오른 사람들
하늘이 보이는 방에 누워 함께 읽은 소설
한 사람과 한 사람은
첫눈에 서로를 알아보잖아, 생계형 사랑

문득 빗방울, 그럼에도
누군가 쓰러진 자리에서 우리는 일어설 것이다
빛이 어둠으로 부서지는 옥탑에서
없는 꽃양귀비색에 눈멀

복숭아 기억통조림

귓가에 세 들어 사는 속삭임처럼
비 오는 소리
멀리서의 안부가 도착한다

복숭아 익어가는 계절
희미한 태몽 이야기는
오고 있는 시간 너머로 우리를 데려가고는 했지

밀어낼수록 가까워지는 기억처럼
눈뜰 때마다 매일 태어나는 속삭임
시간이 우리를 놓아주지 않고 있는 걸까
우리가 놓아주지 않고 있는 걸까, 시간을

누군가 복숭아뼈에 대한 회상을 말할 때
우리는 왜 회상보다 망상을 즐겨 했을까

꽃 피다 지다
너는 이제 없는 사람
나는 복숭아 예쁘게 자르는 일 따위를 소일거리 삼아
하루 한 생을 견디고 있구나, 있지 않구나

알고 있니 복숭아의 꽃말은
사랑의 노예 그리고 천하무적

너에게 나에게
우리에게 어울리기도 어울리지 않기도 한 꽃말에
귀가 멀고, 그토록 멀지 않고

이제 너는 없는 사람
기억이 통조림에 들어 있다면 기한이 끝나지 않기를
꼭 기한을 적어야 한다면 만년으로 적어야지*
오래된 문장을 안부 삼고 있구나, 있지 않구나 나는

저 비가 그치기 전에
복숭아 기억통조림을 만들자
오래전 잊었음을 증명하기 위해
증명하기 위해 잊지 않았음을

* 영화 〈중경삼림〉에서.

삼한사온

손바닥 위로 내려앉은 눈송이
뒤늦은 안부에 입김을 불어넣으며
타들어가는 심지 같은 목소리로 속삭였다
눈송이야 한 사람을 위해 기도해주렴

다짐하는 사이, 삼한사온의 법칙
때때로 춥고
때때로 따뜻하다

견딘다, 다만 나무는 겨울 하늘 아래 서 있을 뿐

당신이라는 절기, 다짐하는 사이
때때로 따뜻하고
때때로 춥다

눈의 아름다움보다 아름다운 눈이 있을 뿐
그러나 눈의 아름다움도
아름다운 눈도 없는 상황이라면
다짐이란 실행하느냐, 실행하지 않느냐
둘 중 하나라는 간명하고 절실한 것

저멀리 빛이 차오르는 곳에서 누군가 속삭였다
나는 행복이야, 나를 잡아보렴

기상예보관처럼 당신은 말했다
날씨는 절대로 좋아지지 않아 혹은 상황은
날이 갈수록 나빠질 거야, 그럼에도

진리는 눈보라와 같고
운명은 그 소용돌이 안에서 저 혼자 반짝반짝
먼 곳에서 보내온 문장
이곳 겨울은 공기 사이에서 희미한 장작 냄새가 피어오
릅니다
너무 늦게 도착한 안부, 그럼에도

저기 흰 도화지와 같은 세상 한 장 펼쳐져 있다
검은 펜으로 무엇을 지울까, 그릴까

채시(采詩)

떠다니는 문장들은 다 어디로 가서 죽을까

꽃그늘 아래 하늘 향해
귀를 열었다
귀를 닫았다

뜻밖에도 애도밖에 할 수 있는 게 없었다
그 사실을 도무지 믿을 수가 없었는데
그보다 더 믿기지 않는 사실들이 가득했다
차라리 풍문이기를 바람결에도 기도

채시, 떠다니는 문장들을 채집했다는 기록
역사는 이상한 나라의 이야기가 아닌
사람과 사람들이 나눈 문장들이다
다시 오라 채시의 시간이여
고요한 식물채집이 아닌, 뼈아픈 과제로

한 사람에게는 죽고 사는 문제가 아닌데
한 사람에게는 죽고 사는 문제가 맞기에

떠다니는 문장들은 다 어디로 가서 살까

오래전 시인은

꽃의 문을 열어라, 독백을 중얼거렸고
다른 시인은
하늘의 문을 열어라, 은산철벽 앞에 서 있었다

이제 우리는 가라앉아 있는 것들과 마주하기
이미 지나간 일이라 말하는 자들과 대치하기
말할 수 없는 것에 대해 침묵이 아닌
말할 수 없는 것에 대해 보여주어야 한다

문 열어라 마음아
마음아 문 열어라
꽁꽁 얼어붙은 바다 아래
쾅쾅 선언하는 광장 향해

문진

당신 없이도 바람이 분다
창가에 머무는 한 점 모빌 날아오를 듯, 날아오를 듯
저 새는 지금 투명으로 건너가는 중

흰 종이 한 장 펼쳐
검은 돌을 깎아 만들었다는 둥근 문진을 놓는다
안부라는 단어를 적지 않도록 노력하기
이 문진도 어느 날엔 모난 돌이었을 것

내 잠의 길목까지 배웅 나와
찡그린 미간을 쓰다듬던 한 사람의 손길이 있었다
모든 흔적은 지문의 소관

생일 선물을 건네며 당신은 말했다
그렇게 얇은 종잇장 같은 가슴으로 어떻게 살아갈래요
검은 돌이 하도 예뻐 오래 매만졌어요
잠시 웃는 돌이었나 눈부신

이제 고단한 잠이 벼랑 끝까지 내몰려도 도리가 없다
호— 하고 불어주던 입김이 사라졌으므로
검은 돌을 가슴에 올려놓고 잠을 청하는 날들

출처 잃은 기억만이 날아가는 법을 잊었다

검은 돌을 심장에 대고 문진을 한다
병력을 함부로 말하지 않도록 노력하기
밤의 끝에 선 그림자를 향해 당신이 묻는다
아픈 곳들 중에 가장 아픈 곳이 어디인가요

흰 종이가 투명해지는 동안
안부의 문장을 입에 문 새가 날아오를 듯, 날아오를 듯
그러나 기억은 세상에서 가장 무거운 날개

검은 돌을 왼쪽 가슴에서 오른쪽으로 옮길 때
지구가 잠시 기우뚱하는 순간
지축을 울리는 한 사람의 안부를 맞이할 것이다

매핵(梅核)

지난봄을 다 걷지도 못했는데
이 가을 잘못 날아든 매화 소식은
꽃 이야기입니까, 기억 이야기입니까

모든 편지는 수신인에게 도착함을 기억하자
꽃가루 희미하게 묻어 있는 안부와
맴돌다 목에 걸린, 매실 씨앗처럼 단단한 이름

말씀드립니다
이는 매핵기라는 증상
칠정으로 마음이 상해
목에 매실 씨앗이 걸린 듯 느껴지지요
뱉으려 하면 할수록
삼키려 하면 할수록
잊으려 하면 할수록 통증을 더할 뿐입니다

지난봄 꽃놀이에 체한 것 같습니다만
해독을 위해 매실즙을 음용하시고
깨끗한 마음을 갖도록 노력하십시오, 꽃말과 같이

포기하지 않고 사랑할 수 없는 역설처럼
침묵은 오해를, 말은 우스움을 불러오고
지난봄보다 말보다 미련보다

목에 걸린 그 무엇을 마음이라 부르지 말자

저기 밤의 웅덩이에서 누군가 중얼거린다
매화 송이 같은 흰 등을 밝혀 오라 했더니
몹쓸 매화 씨앗만 얻어 왔구나
쓰면 뱉고 달아도 삼킬 수 없는 이름을 기억하자
인류가 아닌 한 사람이라서 다행 다정

사랑 이야기입니까, 재앙 이야기입니까
이 가을 잘못 날아든 매화 소식은
지난봄을 다 걷지도 못했는데

캐치, 볼

투명하다, 여름하다
가늘게 부서지는 햇살 사이로
흩어지는 물방울 너머로 하얗게

한낮의 운동장
현기증 난단 말이에요
놓쳐버린, 진실을 말해주세요

볼을 던진다
볼이 여기서 저기로 움직인다
볼은 되돌아온다

손은 눈보다 빠르고
말과 말 사이는 우주보다 멀고 느려

던지고 움직이고 되돌아오고
현기증 난단 말이에요
말해주세요 진실을, 놓쳐버린

이제 그만 사라져
내 마음 속으로
그리고 돌아가지 마
기억이 되어버린 네 시간 속으로

미래에서 기다리자
녹는 중, 구름맛 아이스크림처럼
어떤 약속은 귀가 멀도록 아득하다

말을 던진다
말이 여기서 저기로 움직인다
말은 되돌아온다

햇살 사이로 물방울 너머로
가늘게 하얗게 부서지며 흩어지는
여름하다, 투명하다

밤은 짧아 걸어 아가씨야*

오래전 밤은 짧아 걸어 아가씨야
라는 문장이 들려왔을 때
나는 대답하지 못했다

지구는 둥그니까 자꾸 걸어나가면
온 세상 당신을 다 만나게 되지 않을까

때로 어떤 문장은
가까이서 멀리서 언제나 출발중이다

밀려왔다 밀려가는 공기 사이로
어젯밤 몇 개의 절기가 오고 갔는지
어젯밤 몇 개의 기억이 가고 왔는지
창백한 열꽃이 피고 지는 동안
꽃소식이 들리지 않도록 눈을 감았다

우리가 그토록 기다려온 이름은, 우리일 것
법칙과도 같이 약속과도 같이
당신이 당신에게 돌아가는 동안
우리가 당신에게 돌아가는 동안
포기하지 않고 사랑할 수 없다는 역설이 길다

때로 어떤 문장은

멀리서 가까이서 언제나 연착중이다

너무 많은 기억에도 불구하고
너무 짧은 절기에도 불구하고
우리라는 이름만 아지랑이로 일렁인다

온 세상 당신을 다 만나게 되지 않을까
지구는 둥그니까 자꾸 걸어나가면

얼마 전 밤은 짧아 걸어 아가씨야
라는 문장이 들려왔을 때
나는 대답하지 않은 채 걷기 시작했다

* 모리미 도미히코의 소설 제목.

해설

봄의 꽃점
조대한(문학평론가)

1. 당신의 문장과 문장 사이에서

　꽃점을 아시는지요? 잎이 여러 장인 꽃을 가려 꺾어, 꽃잎을 하나하나 떼며 문장을 되뇌어보는 일입니다. 가령 이런 식입니다. 꽃잎 한 장에 '당신은 나를 사랑한다', 다음 꽃잎에 '당신은 나를 사랑하지 않는다'. 잎이 한두 장밖에 남지 않아 결과가 쉽게 예측이 되는 순간이 오면, 더군다나 결과가 원치 않는 종류의 것이라면 그것은 종종 "쉽게 짓이겨지는 점괘"가 되기도 합니다. 그러곤 곧장 다른 꽃을 집어들고 바라는 점괘가 나올 때까지, 주문을 외듯 문장을 반복하기도 하지요. 이 시집 속엔 마치 꽃점을 치는 것처럼 하나의 문장 혹은 선언의 가부 사이를 진동하는 시편들이 가득합니다. "꽃잎 하나에 살아야 한다" "꽃잎 둘에 이렇게 살아서는 안 된다"(「한밤의 줄넘기」)라고 읊조리는 시인의 모습은 흡사 꽃의 생과 자신의 운명을 바꾸려는 것 같아 보이기도 합니다.

　첫 꽃잎을 뗄 때 발화되는 문장의 대부분은 신탁처럼 주어진 당신의 문장입니다. '나'는 당신이 "먼 곳에서 보내온 붉은 문장 한 줄을 되풀이"(「쌍리(雙鯉)」)하며 잎을 번갈아 뜯습니다. 당신의 "문장을 안부 삼"아 "한 생을 견디고 있구나" 혹은 "있지 않구나"(「복숭아 기억통조림」). 그 문장들은 언뜻 사랑하는 연인의 편지처럼 읽히기도 하고, 오래전 작가들의 글귀 같아 보이기도 합니다. 『오래 속삭여도 좋을 이야기』를 살펴보면, 사랑했던 이의 삶 속에서 "떠다니는 문장들을 채집"(「채시(采詩)」)하여 다시 쓴 듯한 시편들이 더러 눈에 띕니다.

예컨대 「내가 가장 예뻤을 때」는 시인이 직접 밝히고 있듯 이바라기 노리코의 동명 작품에 기대어 쓴 시편입니다. 이바라기 노리코의 원작이 꽃답던 자신의 시절과 대비되는 전후의 사회 분위기를 다루고 있다면, 이은규의 시 역시 청춘의 시기와 어울리지 않았던 비참한 사회의 풍경을 그리고 있습니다. 양쪽은 거의 완벽하게 대칭을 이루기 때문에, "내가 가장 예뻤을 때"라는 문장을 중심으로 배열된 이은규의 시편은 원작을 매우 아름답게 번안한 혹은 오마주한 작품으로 읽힙니다. 다만 마지막 문장은 이 작품을 조금쯤 다시 생각하게 만듭니다. 프랑스의 루오 할아버지처럼 아름다운 그림을 그리며 살겠다고 다짐하는 시의 마지막 연은 원작과 크게 다르지 않게 마무리되는 듯하지만, 마지막 행에 이르러 "죽기 전 벽난로에 그림을 던져넣은 그처럼 그렇게"라는 한 문장을 덧붙입니다. 실제 루오는 말년에 삼백 점이 넘는 그림을 난로에 던져 불태웠다 전해집니다. 그 행동의 연유를 명확히 알 길은 없으나, 자신이 쌓아온 세계를 부정하는 듯한 루오의 모습은 노리코의 원작에서 찾아볼 수 없는 이미지인 것은 분명합니다. 원작과 철저하게 행, 연, 어구 등의 대칭을 지키던 시편에서 유달리 마지막 한 줄을 추가하여 이러한 장면을 끼워넣은 것은 의미심장해 보입니다.

한편 「스노볼」이라는 작품은 백석의 시 「나와 나타샤와 흰 당나귀」와 나란히 쓰인 작품입니다. 원작에 관해서는 더 이상의 설명이 불필요할 정도로 미려한 해석들이 다수 나와 있습니다. 「스노볼」에서도 그 세계는 고요하고 아름다운 모습으로 그려집니다. 내가 아름다운 나타샤를 사랑한다는 이유로 눈이 푹푹 내리는 그 비인과적인 세계는 더러운 세상과 분리된 "고조곤"한 세계입니다. 시인은 '스노볼'의 내부처럼 눈송이들이 흩어졌다 가라앉는 그 세계의 "시간을 한 생이라 부르자"고 말하곤, 돌연 "그 시간을 한 생이라 부르지 말자"고 선언합니다. 흰 눈꽃 한 점에 "세상 같은 건 더러워 버리는 것"이었다가, 다른 눈꽃 하나에 다시 "버리지 못하는" 것이 되기도 합니다. 이처럼 시인은 당신의 문장을 받아 적는 나와 그것을 부정하는 나 사이에서 이리저리 흔들리는 듯 보입니다.

이토록 눈부신 날
나의 세탁소에 놀러오세요
무엇이든 표백 가능합니다
너무 투명하여, 그림자조차 없는 문장

모든 잎이 꽃이 되는 가을은 두번째 봄이다
라는 당신의 문장에 기대어 한 절기
환절기 잘 견뎠습니다

네, 문장 덕분입니다
아무렴요 아무렴요

고집이라 쓰고
표백된 슬픔이라 읽습니다
표백된 슬픔이라 쓰고
고집이라 읽지 않습니다

(……)

먼 구원과 가까운 망각 사이, 당신
모든 기억이 표백되는 겨울은 두번째 생이다

눈부신 날 이토록
나의 아름다운 세탁소에 놀러오세요
무엇이든 표백 가능합니다
그림자조차 없는 문장, 너무 투명하여
　　　　　　　—「나의 아름다운 세탁소」 부분

밤은 참 많기도 하더라
오래전 그는 조용히 적었습니다

언제나 밀려왔다 밀려가는 것으로
숨기장난 하는 어둠은
저 혼자 밤새 안녕합니까, 안녕입니까
같은 문장에 새로운 밑줄을
긋고 또 지우는 날들
때로 한 문장을 넘어서기 위해서
모든 밤이 필요하기도 합니다

(……)

나는 그의 앵무입니까, 앵무가 아닙니까
온몸이 꽃잎으로 뒤덮인 앵무는
무력무력 어둠을 빨아들이다 지쳐
하얀 밤, 앵무가 되기도 됩니다
구름과 구름 사이를 통과할 만큼
투명에 가까워진 그림자만이
아침이라는 제목의 시를 쓸 수 있습니다

도망쳐온 모든 밤에 안녕과 재앙이 있기를
서로에게 빌어주며, 빌어주지 않으며
　　　　　　　　　　—「하얀 밤, 앵무」 부분

「나의 아름다운 세탁소」의 '나'는 "모든 잎이 꽃이 되는

가을은 두번째 봄이다"라고 말하던 당신의 문장에 기대어
한 계절을 견뎠다고 이야기합니다. 나는 다소곳이 긍정합니
다. "네, 문장 덕분입니다/ 아무렴요 아무렴요". 다만 알베
르 카뮈의 것으로 알려진 이 문장은 나의 아름다운 세탁소
를 거치는 동안 투명하게 표백되는 듯합니다. 선명하게 까맣
던 당신의 문장은 시간이 지남에 따라 바래고 표백되어 "그
림자조차 없는" "너무 투명"한 문장으로 뒤바뀌어 내게 돌
아옵니다. 그 문장은 다음과 같이 변주됩니다. "모든 기억
이 표백되는 겨울은 두번째 생이다". 그러고 보면 당신의 문
장은 나의 "구원"이기도 하지만, 애써 "망각"해야 할 무엇
이기도 한 것 같습니다. 그것은 무감각한 일상으로부터 나
를 꺼내주었다는 점에서 구원의 일종이지만, 나의 평온한
삶을 뒤흔들고 망가트렸다는 점에서 지워버려야 할 대상이
기도 합니다.

　「하얀 밤, 앵무」는 "밤은 참 많기도 하더라"라는 문장으
로 시작됩니다. 이는 '역단'이라는 표제 아래 발표된 이상의
시, 「아침」의 한 구절이지요. 오래전 그가 적은 문장을 따라
쓰며 시인은 꽃잎처럼 흔들리는 질문 하나를 던집니다. "나
는 그의 앵무입니까, 앵무가 아닙니까". 앵무가 등장하는 이
상 텍스트의 사례를 굳이 가져오지 않더라도, 누군가의 앵
무새가 아니냐는 자문 속엔 내가 다른 이의 말을 흉내내기
만 하는 존재가 아닌가 하는 의심이 짙게 배어 있는 듯합니
다. 당신의 문장을 기점으로 나의 세계가 시작된다는 점에

서 나는 당신의 그림자에 불과할지도 모르겠습니다. 하지만 당신의 문장에 "밑줄을/ 긋고 또 지우는 날들", 그것을 넘어서기 위해 필요했던 모든 밤의 시간들은 그 오래된 문장을 이전과는 다른 무언가로 만들기도 합니다. 앞서 하얗게 표백되었던 당신의 문장처럼, 나는 오랜 밤을 지나 "투명에 가까워진 그림자"가 됩니다. 겨울의 계절을 견뎌낸 "하얀 밤, 앵무"가 됩니다.

그러니까 당신의 문장은 내게 절대적인 지침 같으면서도, 동시에 애써 극복해야 할 대상같이 느껴집니다. "겨울에서 봄으로" 넘어가는 환절기는 당신의 따스한 "당부"와 걱정으로 간신히 버텨낼 수 있었던 시간이었지만, 당신의 "모든 당부들과 결별하기 좋은"(「간절기」) 계절이기도 했습니다. 물론 그 결별과 부정이 당신의 영향력을 깨끗이 소거시켰다고 말하기는 힘들 듯합니다. 한없이 투명해졌을지언정 당신의 그림자는 여전히 내게 드리워져 있습니다. 강하게 "부정할수록 또렷해지는 정답"(「옥탑, 꽃양귀비」)처럼, 당신의 문장을 받아들이며 혹은 거절하며 점점이 꽃잎을 떼던 시간 동안 당신을 향한 나의 마음은 더욱 커져버린 듯싶습니다. 결국 내게 진실한 것은 당신이 건네준 문장의 진위 여부가 아니라, 그 문장과 문장 사이를 진동했던 시간의 흔적과 두께가 아닐는지요. "마땅할 당, 몸 신". 이제는 "마땅히 내 몸과 같은 당신"(「간헐적 그리움」) 때문에 나의 삶은 아름답게 망가졌지만 그로 인해 구원받게 되었습니다. 아무렴요,

당신 덕분입니다.

2. 귀, 향기를 듣다 혹은 부끄러워하다

당신이라는 존재는 문장뿐만 아니라 목소리로 현전하기
도 합니다. 구원과 목소리라는 측면에서 그 이미지는 언뜻
종교적으로 느껴질 법도 합니다. 「필사」라는 작품을 보면
"신의 음성을 손끝으로 되살리는 숙제"를 지닌 한 수도사가
등장합니다. 누군가의 목소리를 받아 적는다는 점에서 나와
수도자의 행위는 엇비슷해 보이지만, 내가 밑줄을 그은 것
은 "내게 능력 주시는 자 안에서/ 내가 모든 것을 할 수 있
느니라"라고 말하는 신앙의 구절이 아니라 "차라리" "신은
무의식이다"라고 외치는 "오독"의 문장입니다. 정신분석학
적 명제에 가까운 이 문장은 여러 가지로 해석되겠으나, 손
쉬운 설명을 택하자면 그것은 신의 죽음 이후에 작동하는
신의 존재 방식에 가까울 것입니다. 무신론자들은 신이 죽
었다는 사실은 알고 있지만, 자신들이 무의식적으로 행하는
말과 행동 속에서 이미 신을 전제하고 있다는 사실은 알지
못한다,고 라캉은 말했습니다. 이를 달리 생각해본다면, 여
기 부재하는 (당)신은 나의 "필사적"인 행위와 실천 속에서
만 생성되고 유지되는 존재가 아닐는지요.

그렇게 본다면 이 시집 속에서 당신의 목소리 못지않게 중

요한 쪽은 그것을 애써 들으려는 나의 '귀'인 듯싶습니다.
이는 목소리를 대하는 시인의 시적 태도와 연관되어 있습니
다. 이은규 시인의 전작 『다정한 호칭』을 아껴 읽었던 이라
면, 「청진(聽診)의 기억」이라는 시편을 기억할지도 모르겠
습니다. 그 작품 속에서 청진의 기원은 "병명을 알 수 없는
환자가 안타까워 체내의 음에 귀기울인 데서 시작"된 것이
라 전해집니다. "말더듬이였던 당신", 말의 속도에 지친 당
신을 위해 "가슴에 귀를 대고 기다려주"던 장면처럼, 청진
은 선재하는 절대적 음성을 수동적으로 수용한다기보다는
감각할 수 없는 것을 애써 듣고자 하는 태도에서 생겨난 것
같습니다. 이전 시집에 해설을 남긴 조강석 평론가는 이를
두고 '사이를 듣는 귀'라는 이름을 붙이기도 하였습니다. 그
리고 이 다정한 청진의 자세는 이번 시집에서도 여전히 계
승되고 있는 듯합니다.

「문진」이라는 작품에서는 '검은 돌'을 심장 쪽에 대며 아
픈 곳을 묻는 당신의 목소리가 들려옵니다. 당신은 걱정과
웃음이 반쯤 섞인 말투로 내게 묻습니다. "그렇게 얇은 종
잇장 같은 가슴으로 어떻게 살아갈래요". 하지만 다정했던
그 문진(問診)은 과거의 것이어서, 이제 나는 기억 속 당신
의 목소리를 더듬으며 "검은 돌을 가슴에 올려놓고" 나서야
겨우 "잠을 청하"곤 합니다. 마음을 진찰하던 과거의 검은
돌은 당신의 손길과 음성을 간직한 둥근 문진(文鎭)이 되
었고, 얇은 종이처럼 흩날리려 하는 지금의 내 삶을 지그시

눌러놓습니다. 오랜 시간을 매만지고 함께했던 문진 덕분에
나는 부재하는 당신의 목소리를 떠올립니다. 그렇게 떠올린
당신의 음성이 다시 나의 삶을 지탱해주는 듯합니다. 그러
니까 누군가의 목소리가 들리지 않는다는 것은 그이가 말을
하지 못해서가 아니라 "말 못할 네 문장을 대신 간직해줄"
혹은 끈질기게 그 소리를 "들어줄 귀가 없을 뿐"(「밤과 새벽
의 돌멩이」)이라고 시인은 생각하는 것 같습니다.

꽃을 즐겨 그리다 쇠약해진
그가 병원을 찾았을 때 의사는 물었다
쇠를 다루는 대장장이인가요

잊을 수 없는 질문이었다는 편지 속 문장
유화라기보다 으깬 꽃잎에 가까운 그림들
그림 그리기란 온몸의 노동이어야 한다는
그의 믿음은 아름다운 이데올로기

귀가 아플 만큼 고요한 날
귀를 자른 그는 미친 듯이 웃는 것으로 한 계절을 앓았다

모든 꽃은
        안 들리는 한 점 향기를
                수없이 두드린 봄의 노동

—「꽃소식입니까」부분

자신의 귀를 자른 한 사람이 있습니다. 아마도 그는 화가 고흐인 것 같습니다. 그가 귀를 자른 이유에 대해서는 여러 가설과 의견이 분분하여 아직까지도 그 연유를 명확히 알 수는 없습니다. 나는 상상 속에서나마 당신이 귀를 잘랐던 날의 풍경을 그려봅니다. "귀가 아플 만큼 고요한 날", 평생 꽃을 그리다 쇠약해진 당신은 무언가를 견딜 수 없어 자해를 시도하였습니다. "안 들리는 한 점 향기를" 듣기 위해, 당신은 하얀 밤 위로 수없이 붓을 두드렸겠지요. "귀는 깊어 슬픈 기관"이라는 표현을 빌려 생각해본다면, 당신은 깊어서 잘 들리지 않는 귀를 바깥에 "잘라 걸어놓"(「청진(聽診)의 기억」)고 만족한 듯 웃으며 한 계절을 앓았던 것인지도 모르겠습니다.

지독한 가난 때문에 자신의 재능을 모두 꽃피워보지도 못한 당신은 자신을 평생 후원해주었던 동생 덕분에 그림을 계속 그릴 수 있었고, 동생과 나눈 수백 통의 편지 사이로 다음과 같은 문장들을 적어 보냈습니다. 몸이 나빠진 당신이 의사를 찾아갔을 때 그는 다음과 같이 물었습니다. 당신은 "쇠를 다루는 대장장이인가요"? 그의 말이 너무나도 기뻤던 건 "그림 그리기란 온몸의 노동이어야 한다"는 당신의 믿음을 그가 간접적으로나마 알아봐주었기 때문일 것입니다. 들리지 않는 향기를 피워내기 위해 수없이 두드리고 두

드리다 겨우 탄생하게 되는 봄꽃처럼, 붓의 수많은 담금질과 덧칠로 그려낸 당신의 작품 또한 "유화라기보다 으깬 꽃잎에 가까운 그림"이었을 것입니다.

꽃의 향기를 듣고자 하는 노력과 헌신은 「옛날 일기를 새로 읽다」라는 작품에서도 발견됩니다. 박지원의 『열하일기』를 모티프로 차용한 이 시편에서, '나'는 "한 치 앞 꽃향기도 분간할 수 없는 밤" "눈먼 자의 도강(渡江)"을 감행합니다. "나는 말을 믿고, 말은 제 말굽을 믿"고 있었으므로, 나는 말과 함께 그 칠흑 같은 어둠을 건널 수 있었습니다. 물론 이때의 말은 동물과 언어의 이중적인 은유일 것입니다. 꽃을 두드리던 봄과 당신의 망치처럼, '말'은 "꽃향기가 들려올 거라는 믿음"을 실현해줄 나의 무기이자 동반자인 셈이지요. 말에 애착을 보이는 이의 모습은 「말의 목을 끌어안고」라는 시편에서도 잘 나타납니다. 그 속엔 마부의 채찍을 몸으로 막으며 "말의 목을 끌어안고 흐느꼈다는 한 사람"의 이야기가 나옵니다. 이는 아마도 니체의 일화인 듯합니다. 그가 마부의 채찍질을 가로막았던 이유는 "세상의 말에 귀가 부끄러웠기 때문"이라고 시인은 적고 있습니다. 사실 귀는 깊고 내밀한 기관임과 동시에 바깥의 자극에 예민하게 반응하는 돌출된 기관이기도 합니다. 그러므로 시인에게 귀는 가청 영역 바깥의 향기까지 들으려 하는 고집과 믿음의 상징이면서도, 세상의 소음에 가장 먼저 붉어져버리는 부끄러움의 표지가 되기도 합니다.

니체는 부끄러움과 관련하여, 인간은 수치심을 느낀다는 점에서 붉은 뺨을 가진 짐승이라고 이야기한 바 있습니다. 이는 고귀한 자가 스스로 지켜온 어떤 가치나 신념이 훼손당했을 때 느끼는 감정일 것입니다. 다만 진은영 시인은 한 산문에서, 이러한 니체의 태도를 우리가 받아들이기는 쉽지 않다고 말합니다.* 그것이 어려운 건 수치심이 고결한 이의 감정이라는 니체의 주장에 동의하지 못해서가 아니라, 수치심과 대비되는 연민의 감정을 그가 집요하게 비난해서입니다. 니체는 연민이란 게으르고 뻔뻔한 이들의 감정이라고 매정하게 잘라 말합니다. 타인의 아픔에 측은함을 느끼는 보통 사람들의 선량한 마음을 그가 거세게 비난하는 이유는 무엇일까요.

　　제철 맞은 꽃들이
　　분홍과 분홍 너머를 다투는 봄날
　　사랑에도 제철이 있다는데
　　북향의 방 사시사철 그늘이 깃들까 머물까
　　귀가 부끄러워, 방이 운다 웅— 웅
　　얼어붙은 바닷속 목소리

---

* 진은영, 「우리의 연민은 정오의 그림자처럼 짧고, 우리의 수치심은 자정의 그림자처럼 길다」, 『눈먼 자들의 국가』, 문학동네, 2014, 71~73쪽.

(······)

그럼에도 불구하고 애도
나는 뉘우치지 않겠습니다
나는 용서하지 않겠습니다
나는 화해하지 않겠습니다
사시사철 환한 그늘이 한창일 북향의 방
얼어붙은 바다를 부술 것, 목소리를 꺼낼 것
끝은 어디쯤일까 다시 봄이 오기 전
의문문은 완성되어야 한다

도처에 꽃말과 뉘우침과 용서와 화해들
귀가 부끄러워, 결별하기 좋은 봄의 시국
— 「귀가 부끄러워」 부분

꽃들이 분홍을 다투는 봄날, 나는 볕이 쉬이 들지 않는 "북
향의 방"에 앉아 있습니다. "사시사철 그늘"이 깃드는 그곳
에서, 나의 "귀가 부끄러워"지는 까닭은 "얼어붙은 바닷속
목소리"는 점차 들리지 않는 반면 "뉘우침과 용서와 화해"
의 소리만 도처에 가득차 있기 때문입니다. 불행하게 일어
난 '사고'에 연민과 동정의 감정을 느끼는 것은 인간의 마음
이 지닌 선량함의 발로일 것이나, 니체가 보기에 그것은 비
극적 상황에 어떠한 변화도 가지고 오지 못하는 감정의 작

121

은 선행에 불과합니다. 그 무해한 슬픔은 곧잘 손쉬운 화해와 용서로 화하는 듯도 합니다. 한편 수치심은 상황을 바꾸지 못한 자신에 대한 부끄러움인 것 같습니다. 그것은 결여의 자각과 변화의 욕망을 동반한다는 점에서 일종의 존재적 '사건'에 가깝습니다. "질문이 없는 답에 쉽게 고개를 끄덕여버린" 일에 "부끄러움"(「홍역(紅疫)」)을 느꼈던 나는, 상황을 종결지으려는 마침표와 결별하고 다시 "의문문"을 붙잡습니다. 나는 외치듯 묻습니다. "대답하라, 사고와 사건의 차이를"(「목요일이었던 구름」). 부끄러운 소음에 예민하게 붉어졌던 나의 귀는 질문을 붙잡고 다시 오래도록 기다리는 귀가 됩니다. 어둠이 표백되는 하얀 밤을 견뎌냈던 앵무처럼, 나는 "환한 그늘이 한창일 북향의 방"에서 다가올 새벽을, 또 한번의 봄을, 부재하는 당신의 목소리를 고집스레 기다립니다.

3. 봄의 선언과 반복

매년 다시 찾아오는 봄은 시인에게 늘 중요한 시적 모티프가 되어왔지만, 첫 시집이 세상에 나왔던 봄과 두번째 시집이 맞이할 봄이 같다고 말하기는 힘들 듯합니다. 『오래 속삭여도 좋을 이야기』에서 봄의 반복은 크게 두 가지 의미가 있는 것 같습니다. 하나는 상수로서 작동하는 힘입니다. 가

령「오는 봄」에서 나는 "가장 견디기 어려운 것은/ 중력이
었다"는 고백을 전합니다. 이 구절에 덧대어진 문장은 이상
의 시「최후」입니다. "사과한알이떨어졌다.지구는부서질정
도로아팠다.최후.이미여하한정신도발아하지아니한다." 아
마도 이상은 뉴턴의 일화를 가져와 근대성과 관련된 문제의
식을 형상화하려 했던 것이겠지만,「오는 봄」에 삽입된 당
신의 문장은 근대성의 이미지보다는 '중력'에 방점이 찍혀
차용된 듯싶습니다. 이는 거부할 수 없도록 운명 지어진 힘
이자, 새로운 생각과 행동을 재차 무화시키는 힘으로 다가
옵니다. 그렇기에 중력처럼 벗어날 수 없는 "봄"은 나에게
"가도 가도" "계속 돌아"오는 제자리걸음처럼 느껴집니다.

　또하나의 반복은 일종의 고집처럼 작동하는 힘입니다. 그
것은 주로 평화로운 일상의 풍경을 거부하며, 불화의 태도
를 유지하려는 나의 모습으로 나타납니다. 선우은실 평론가
는 이은규 시인이 저항하는 적 또는 불화하는 대상은 '시간'
이라고 이야기한 적이 있습니다.* 이에 기대어보자면, 나에
게 "언제나 승리"하는 "적"(「천둥벌거숭이」)이란 곧 시간
이라고 말할 수도 있을 것입니다. 선명했던 기억을 조금씩
흐리게 하고, 가라앉은 목소리를 점차 희미하게 만들며, 일
련의 행동을 무화시키는 시간은 중력처럼 상시 작동하는 힘

＊선우은실,「우리의 선언, 우리의 저항」,『포에트리 슬램』3호, 포에
　트리, 2018, 124쪽.

이자 폭력처럼 되풀이되는 봄과도 같습니다. 흥미로운 것은 반복되는 시간의 힘에 맞선 나의 무기 또한 고집스러운 반복이라는 점입니다. 이 시집 속엔 '줄넘기' '이중나선' '캐치볼' 등 반복의 운동성을 지닌 소재들이 다양하게 등장합니다. 걸어도 걸어도 변하지 않는 쳇바퀴 같은 삶이지만, 나는 "그럼에도 불구하고 멈추지 않을 것"(「벚꽃 이동통신」)이라 다짐합니다. 꽃잎 하나를 떼듯 다음 걸음을 떼며 짐짓 능청스레, 하지만 고집스레 속삭입니다. "지구는 둥그니까 자꾸 걸어나가면/ 온 세상 당신을 다 만나게 되지 않을까"(「밤은 짧아 걸어 아가씨야」).

누가
봄을 열었을까, 열어줬을까

허공에서 새어나온 분홍 한 점이 떨고 있다
바다 밑 안부가 들려오지 않는데, 않고 있는데

덮어놓은 책처럼
우리는 최선을 다해
세상에서 가장 이기적인 말을 반복했다
미안(未安)
잘못을 저지른 내 마음이 안녕하지 못하다는 말
이제 그 말을 거두기로 하자, 거두자

슬플 때 분홍색으로 몸이 변한다는 돌고래를 본 적이
있다
모든 포유류는 분홍분홍 울지도 모른다

오는 것으로 가는 봄이어서
언제나 봄은 기억투쟁 특별구간이다
그렇게 봄은 열리고 열릴 것

인간적인 한에서 이미 악을 선택한 거라고 말한다면
오래 바다에 귀기울이자
슬픔은 날마다 새로 태어나는 그 무엇이어서
봄은 먼 분홍을 가까이에 두고 사라질 것

성급한 용서는
이미 일어난 일을 다시 일어날 수 있는 일로 만든다
오래 이어질 기억투쟁 특별구간

멀리서 가까이서 분홍분홍 들려오는 밤
덮어놓은 책은 기도와 같다는 문장에 밑줄을 긋는다
오고 있을 문장은 기도가 아니라 선언이어야 할 것

봄을 닫기 전에, 닫아버리려 하기 전에

누군가
—「봄의 미안」전문

어김없이 봄은 열립니다. 다만 예전처럼 "바다 밑 안부가
들려오지 않"아, 허공의 분홍 꽃잎 한 점은 불안에 떨고 있
습니다. 그해 봄, 우리가 할 수 있었던 최선의 말은 "미안(未
安)"이었습니다. 그러나 나는 그 말을 더이상 입에 담지 않
으려 합니다. 나의 마음이 편안하지 않다는 그 진심 어린 위
로의 말은 동시에 나의 마음을 편하게 하고 싶다는 인간적
인 욕망의 말이기도 하여서, 가까스로 열린 봄을 다시 무감
각하게 닫아버리기도 합니다. 언제나 승리하는 적들은 시간
의 편에 서서 손쉬운 화해와 용서를 외치는 누군가이기도
하지만, 그 시간의 중력에 편히 휩쓸려들어가려 하는 나 자
신의 모습인 것 같기도 합니다.

그렇기에 매년 반복되는 봄은 무화시키려는 힘과 지속하려
는 힘 사이의, 멀리 떠나가게 하려는 원심력과 끝까지 붙들
고 있으려는 구심력 사이의, "가만히 있으라"던 명령과 "가
만히 있지 마라"(「봄이 달력에 보이는 것보다 가까이 있음」)
는 전언 사이의 "기억투쟁" 구간입니다. 적, 꽃잎, 투쟁, 그
리고 "책과 혁명"(「꽃과 굴착기」) 등의 이미지들은 언뜻 김
수영 시인의 시어와 겹쳐지는 듯도 합니다. 김수영은 「꽃잎」
이라는 작품에서 꽃잎과 혁명을 함께 언급한 적 있습니다. 그
는 혁명이라는 단어에 꽃잎과 바위를 나란히 포개어놓습니

다. 거대한 충격을 던져주는 바위에 비해 꽃잎이 우월한 점은 그것이 '나중에' 떨어진다는 것, 그리고 재차 '반복'하여 떨어진다는 것입니다. 김수영 시의 이미지를 잠시 빌려본다면, 무기력한 운명이 반복의 능력으로 전환될 때 잠시나마 꽃잎은 시간을 이기는 혁명적인 힘으로 화하기도 합니다. 분홍빛 꽃잎과 슬픔을 휘날리며 반복되는 봄 또한 "이미 일어난 일을 다시 일어날 수 있는 일로 만"든다는 점에서 무력하게 닫힌 원환의 계절이지만, 이미 발생한 슬픔을 "날마다 새로 태어나는 그 무엇"으로 만든다는 점에서는 활짝 열려 있는 계절이 되기도 합니다.

이 같은 반복의 미학은 시의 형식에서도 간접적으로 드러납니다. 위 시편을 포함하여 시집 속 여러 작품들이 처음과 끝의 형태를 유사하게 반복하고 있습니다. 이은규 시인의 시가 종종 예스럽게 느껴지는 것은 어조, 소재, 태도 등의 여러 가지 이유 때문이겠지만, 다소 고전적인 수미상관의 형식 역시 그에 한몫을 하는 것 같습니다. 그러나 좀더 자세히 살펴보면 그 대칭적 형태는 미묘하게 변형되어 있는 듯합니다. 굳이 표현하자면 A와 A′보다는 ab와 b′a′ 쪽에 가깝다고 해야 할까요. 이 같은 형식은 「검은 숲」 「세상 쪽으로 한 뼘 더」 「홍역(紅疫)」 「빗장」 「탐구생활」 「웃는 돌」 「매핵(梅核)」 「캐치, 볼」 등 많은 작품에서 반복됩니다. 위에 인용된 「봄의 미안」에서도 "누가/ 봄을 열었을까, 열어줬을까"로 시작된 첫 연은 마지막 연에 이르러 "봄을 닫기 전에, 닫아버리려 하기 전에/ 누군가"로 순서가 뒤바뀐 채 마무리됩니다. 이는 안정적으로 종결되는 느낌을 선사하기도 하지만, 다시 첫 문장을 반복하려는 듯한 인상을 주기도 합니다. 마지막 꽃잎을 뗀 후 처음의 문장을 되풀이하는 꽃점처럼, 나는 마지막 문장을 도돌이표 삼아 "혼자 부르는 돌림노래"(「홍역(紅疫)」)를 다시 시작하려는 것 같습니다.

익명으로 『반복』이라는 책을 쓴 키르케고르는 진정한 반복은 뒤가 아니라 앞을 향하여 되풀이된다고 말했습니다. 그의 전언을 빌린다면 이은규 시의 반복은 단순히 과거의 슬픔을 재현하려는 것이 아니라, 시간의 안이함으로 묻어두려 했던 부끄러움과 바다 아래로 갇혀버릴 뻔했던 어떤 가능성들을 다시 꺼내올리려는 시도가 아닐는지요. "오고 있을 문장은" 오래전 "덮어놓은 책" 속의 "기도"가 아니라 "선언"이어야 한다고 '나'는 말합니다. 마찬가지로 내가 당신에게 바쳤던 꽃잎의 "모든 고백은 선언"(「말의 목을 끌어안고」)입니다. 그것은 미덥지 못한 점괘에 자신의 운명을 내맡긴다는 뜻이 아니라, 당신에게서 건네받은 문장으로 무언가를 시작한다는 의미에 가깝습니다. 선언처럼 입 밖으로 꺼낸 당신의 문장이 나의 행동을 이끌어가고, 그 문장과 문장을 고치고 부정하며 진동하는 시간 속에서 걸어간 거리만큼이 다시 내 운명을 주재하는 것 같습니다. 약속처럼 또다시 봄입니다. 이 봄이 오기까지 견뎌온 꽃잎의 시간과 "믿을 수 있는 꽃점"(「한밤의 줄넘기」)을 들고 찾아온 시인의

안부를 당신에게 대신 전하고 싶습니다. 다시 피어날 봄꽃
처럼 내내 어여쁘시길.

이은규 1978년 서울에서 태어났다. 2006년 국제신문, 2008년 동아일보 신춘문예를 통해 등단했다. 시집 『다정한 호칭』이 있다.

문학동네시인선 125
오래 속삭여도 좋을 이야기
ⓒ 이은규 2019

1판 1쇄 2019년 7월 30일
1판 9쇄 2023년 8월 7일

지은이 | 이은규
책임편집 | 강윤정
편집 | 김봉곤 김영수 김민정
디자인 | 수류산방(樹流山房)
본문 디자인 | 유현아
저작권 | 박지영 형소진 최은진 서연주 오서영
마케팅 | 정민호 한민아 이민경 안남영 김수현 왕지경 황승현 김혜원 김하연
브랜딩 | 함유지 함근아 박민재 김희숙 고보미 정승민 배진성
제작 | 강신은 김동욱 이순호
제작처 | 영신사

펴낸곳 | (주)문학동네
펴낸이 | 김소영
출판등록 | 1993년 10월 22일 제2003-000045호
주소 | 10881 경기도 파주시 회동길 210
전자우편 | editor@munhak.com
대표전화 | 031) 955-8888 팩스 | 031) 955-8855
문의전화 | 031) 955-3576(마케팅), 031) 955-2678(편집)
문학동네카페 | http://cafe.naver.com/mhdn
인스타그램 | @munhakdongne 트위터 | @munhakdongne
북클럽문학동네 | http://bookclubmunhak.com

ISBN 978-89-546-5706-8 03810

www.munhak.com

문학동네